KB267726

사랑은 소리가 나지 않는다

사랑은 소리가 나지 않는다

사랑이 숨을 때는
언제나 장마가 온다
아, 저 숲은
어디에다 세월을 갈무리할까

미래시선 86

사랑은 소리가 나지 않는다

양전형

미래문화사

광기 서린 계절은
땅바닥에 널린 넉넉한 추억을 부순다
가치 없는 영혼뿐인가
오금 저린 가을은 돌아 눕고
그림자는 앙상한 춤사위다
징징대는 바람에 치부를 흔든다
그것은 끝내
생명을 잇는 살풀이다 살풀이다

차례

제1부 오라동 메꽃

제 2 부 한라산의 아침

사랑이 숨을 때는 *1*
언제나 장마가 온다
아, 저 숲은
어디에다 세월을 갈무리할까

오라동 메꽃

오라동 메꽃

처음에는
인기척인가만 했다
그러나 꽃의 나팔음은
바삐 가는 경운기 소리보다 높다

얼어 죽을 놈의 세상이라던
그래도 술이 있어 세상은 곰팡이 슬지 않는다던
김총각
간암으로 입 벌려 떠난 지 여남은 해
검붉은 코피 쏟으며
은밀한 치부 보일 듯 말 듯
씨팔, 씨팔 하며
똥마려운 강아지마냥 맴돌던 마을길 옆 도랑가에
그는 여태 기어다니다
저승 십년을 왈칵 토했다

그 해 여름처럼
기특한 까마귀
낯익은 얼굴을 부른다
김총각, 실줄기로
떼어진 숨결 기워 내더니
아직 얼어 죽지 않는 세상을 본다

還生을 위하여

가을은,
이제 홀가분한 넝마다
짧은 생의 뜨거운 슬픔을
게눈 감추듯 삭이면서
늙은 나이로 절뚝거린다

하지만 가을은
비로소 재회를 꿈꾼다
들꽃이, 파계한 중의 머리카락 눕히고
메마른 염불로 비칠거리며
환생의 목탁을 다스리고 있기에.

새색시 옷 벗는 부끄러움이 그럴까
그것은 또 하나의 탄생을 위한 순서,
가을은 마침내
새 생명의 강의 상류를 향하여
꿈속으로 꿈속으로 내닫고 있다

들길에서

입다문 달맞이꽃 서 있네
우두커니 새치름한 모습이
달밤에 길을 나선 어린 누이인 듯
휘어지고 굽은 뒤뜰 담벼락 아래
버려진 요람이 생각나네
不在를 가득 싣고 침몰하고 있던.

해쓱한 얼굴은 파리떼로 뒤덮이고
물러가라 물러가라
선무당 귀신 쫓는 소리에
살며시 물러간 내 누이, 어디선가
귀 익은 뻐꾸기 소리로
이승벽을 간간이 두드리네.

나 목

이제 더 떨굴 것이 없다
머리끝에
마지막 버티던 한 가닥
끈질긴 세월마저 떨어졌다
그늘을 훌훌 털고
더 보여 줄 아무것도 없다
싸락눈으로 냉큼
단죄가 떨어진다
광기 서린 계절은
땅바닥에 널린 넉넉한 추억을 부순다
가치 없는 영혼뿐인가
오금 저린 가을은 돌아눕고
그림자는 앙상한 춤사위다
징징대는 바람에 치부를 흔든다
그것은 끝내
생명을 잇는 살풀이다 살풀이다

바 위

억년 세월을
되새김하며
피를 삭이지

단 한 번도
울어 보지 못한 냉가슴
꽁꽁 묶어서
억근 침묵의 삶을 사는 목숨들

때로는,
어흐엉 아흐엉 포효를 삼키며
선뜻선뜻
비상하는 꿈을 꾸지

담쟁이

흙뱀 같은 꼬락서니로
한치 앞 갈증을 풀어 기어가지만
키 작은 잡초도 쉬이 오르는
그 하늘 한번 오르지 못하지만
하늘이 제 힘으로 푸르른 줄 아는가
부서지려는 땅덩어리를 묶어 놓는
네 팔다리의 아픔이 있어서지

텅 빈 샛길엔 돌멩이가

텅 빈 샛길에
아무것도 없다고들 하다니
속이 꽉 찬 돌멩이
구르며 구르며 사는 걸
부딪지 않으면 흔들리지 않고
두드리지 않으면 소리가 없을 뿐
샛길이 텅텅 비었다니.
구태여 숨을 필요 없이
비에 젖을 줄 알고
추운 날은 같이 차갑고
더우면 영혼도 뜨거워지는 걸
서슬 퍼런 바람에
발길에
언제나 죽고
문득문득 되살아
뒹굴며 뒹굴며 사는 걸.

옛 호박은 지금

올망졸망했었지.
가는귀 먼 뒷집 할머니
뭐라구 뭐라구 할 때마다
하나 매달리고
둘 매달리고
가난만큼 매달려
울타리 한번 건너가지 못하더니
싸락눈 내리는 날
씨알 털며 앉은 흙 묻은 검정고무신
죽 끓는 소리 밉더니
아궁이 속 눈밝힌 떼가난
잉걸불로 뜨겁더니
지금은 울타리 밖
덩그렁도 하여라
세상 건너간 뒷집 할머니
이제 귀 트인 듯.

허수아비

달빛
한 그릇만 적셔도
어둠에 싸이던 고독쯤
까마득히 잊어
훠어이 은물결 치지.

시간을 덥석 쥐고
힘겹게 끌어올린 해
뉘엿뉘엿
등 돌려도
웃지.

아, 그대 몸짓은
우상이라고
엎드리며
여무는 곡식들.

나팔꽃

산발한 하늬바람 덮쳐들던
그 겨울엔
돌울타리에 널린 가난도
단단히 조여 살자 하더니

절박한 바람기
아하,
애물이로고.

달빛 몇 조각
이슬 몇 방울에
어쩌자고
치맛자락 걷어붙여
희멀건 살덩이 헤프게 열었더냐
반나절도 못 버틸 순정
목젖 다 타도록
그리 활활 피었더냐
어쩌자고
어쩌자고.

목 련

활짝 핀 목련은
오랜 상사병을 딛고 일어서던
봄의 현기증

구구절절
한사코 설레이게 하는
농익은 여인네의 고백

깊숙이
대지를 일구던
씨앗 품은 쟁기날의 절정

아니, 그것은
어둠과 잠을 털어 내는
내 작은 詩의 몸짓

歸 鄕

바다를 잃은 섬은
초개 같은 세월 다듬으며
여태 한숨도 자지 않았다
땅속 깊이 갈앉히던
벌떼 같은 그리움이
한사코, 머뭇머뭇
갯바위에 피어나고

바다의 고향은 언제나 섬이었다
아담과 이브의 본능에 불지른 누명
망망대해에 헹군
저기 저, 분노를 삭이는 뱀의 혓바닥으로
면죄부를 흔들며
마침내 돌아오고 있다

억새꽃

처음엔
꽃이 아니려 했지

날마다
소슬바람 다가와
속삭이며 쓰다듬어

끝내
유혹을 못 견디고
남몰래 새벽 이슬 떨구며
살그머니 피인 건
아, 실로 부끄러워

이즈음
바람 올 때마다
고개 숙여
달아나려 하지

해돋이

어둠으로 덮고
긴 밤
처얼썩 처얼썩
하늘과 바다
섹스를 했다

진통
붉게 일렁이고
물살 가르며
덩실덩실
옥동자
하나

술래잡기

장마철엔 내 쌍둥이 하나를 안고 사는
한라산이 아득한 안개구름 속으로 숨는다

나는 술래다. 두 발에다 섬을 얹고
행여 행여 진땀나는 술래다
아무리 찾고 또 찾아도
숙명은 고개를 젓고
내 마흔여 성상 또한 간 곳 없다
섬의 무게로
내 영혼은 가무러치는데
숲이 뿌옇게 웃는다
"세월은 내가 다 잡아먹었지"
배 두드리며 웃는다

사랑이 숨을 때는
언제나 장마가 온다
아, 저 숲은
어디에다 세월을 갈무리할까

겉옷 속옷 훌훌 벗어 던지고
가슴 졸이며 가슴 졸이며
마침내 뜨거운 입술·오므릴 때다

아무렴 내일은
내 작은 키로도 하늘에 닿아서
더 앙증맞게 웃으리라
또다시 태양을 보채리라

한라산의 아침

채송화의 일기

어루만질수록 차가운 어둠이
소리 없이 다가선다
마침내 문을 닫을 때다

고드름 같은 지팡이 짚고
검은 저승사자가 느닷없이
햇살 훔쳐 배부른 모든 것들을
벌하러 달려오는가

겉옷 속옷 훌훌 벗어 던지고
가슴 졸이며 가슴 졸이며
마침내 뜨거운 입술 오므릴 때다

아무렴 내일은
내 작은 키로도 하늘에 닿아서
더 앙증맞게 웃으리라
또다시 태양을 보채리라

겨울 들짐승의 그리움

가을은
무거워지는 시간을 낯붉히며 버티다
흩어져 나둥그라진 채
좀처럼 일어설 줄 모르지만
한라산을 뛰쳐나온 들짐승 하나는
벌떡거리는 심장.

초겨울 눈 내리는 들녘에서
가만가만한 그대를 생각하면
그리움이 점점 차올라
억새꽃 몸짓이 기울어진다.

바람은 무딘 쇳소리
자락으로 눈보라 일으키며
지친 언어들을 몰아세우고 있다.
숲이 연달아 야위어진다.
언제는 소리쳐 불렀으랴만
그대는 여전히 대답이 없다.

연체동물처럼 흐물거리던 언어들은
들판의 광란이 사뭇 놀라워

실로 오랜만에 발기한다.
그러나 일어서다 쓰러진다
다시 일어서다 쓰러진다.

아아, 세상이 그렇게
변화무쌍하고
아무리 넓다 해도 깊다 해도
닿을 수 없는 그대만 하랴.

기다림의 숲이 무너지면

해마다
모월 모일 자정
길을 나서
돌대문 밖 이십리쯤 멀리
엎디어 시 쓰는 이 자리에 오지
두개골 속
시를 줍고 있다가.
그날은
바람 같은 생전의 꿈
촛불로 넉넉히 우는 날
참으로 참으로
낯설고 기억이 없는 날
세월의 덫에 걸려
기다림의 숲
우수수 무너지던 날.

밤고양이

짙은 화장이 벗겨지는 도시는
사마귀의 형상이다
늦은 시간
취한 바람은 때때로
길바닥에 쓰러진다
불빛이 지쳐 가고
늙은 언어들이 죽어 간다
빌딩 건너
캄캄한 곳에서
네가 다시 걸어오고 있다
날마다 걸어오고 있었다

서성대며
밤고양이
눈 빛나고.

밤과 낮

그리움이
가면
어디까지 가겠어
길 구르며
낙엽 줍던 바람
아득히 부서질 그곳

태양을 원망하다
눈 붉게 탄 부엉이
발톱 꺾고 앉아 울어댈
깊은 밤 그곳

영겁을 지나도
까마득한
쳇바퀴 속 그곳

가야 하리
어쩌면 갈 곳 없어
아니 가리

그리움이

가면
어디까지 가겠어
너에게 보낸 내가
아직도 가지 않은
생피 흘리며
이곳.

그림자

빛에
빛에 목마르다

하지만
그대
캄캄히 다가온다

아뜩하다
아뜩하다

그대의 거울 뒤
알몸의 형상으로

그리움, 숲 속에서

등뒤에
누군가 했더니
세월 걸머진 늙은 소나무
느릿하게 다가서고 있다
내 삭신 뚫고 빠져 나간
그리움이 부풀리더니
순식간 솔잎 끝에 터뜨려진다
다급한 까마귀
부리와 꼬리로 세월 짖는다
풍선은 둥근 입만 남고 커지고
마침내 굴렁쇠로 구른다 가시덤불로
숲이 떼늑대로 덮쳐든다
지치도록 구르던 그리움
털썩 풀잎으로 눕는다
또다시 어둠이 일어서고
나는 오래도록 껍데기로 서 있다

숲 밖에는
한 천년 전에 남긴
눈길 발자욱 소리
그대.

뼈 이야기

네 흰 뼈가
내 붉은 심장에 박힐 때
그때 나는
은장도에 찔린 것 같은 비명을 질렀지

네 모든 의식을 소멸시킨
네 뼛골 깊이에서
불꽃 같은 사랑이 터질 때
마침내 나는 수만 갈래의 파편이었지

내 영혼이 비로소
네 가슴에서 기움질할 때
속살 찢기던 네 아픔만큼이나
사랑은 제멋대로 나뒹굴었지

산새와 바다새

바늘로 내 몸 찌르면
피는 간 곳 없고
술이 좌르르 쏟아질 듯한 날
산새
숲으로 돌아가고
들판을 서성이던 나는
골짜기를 타고 바다로 와
정처 없는 파도가 되었는데

갑작스레
가벼운 바다새 한 마리
위험한 절벽을 내려오더니
날마다 물결 가른다
날갯짓에서
눈물 소리가 난다
웃음 소리가 난다

파도
더 높아지고

팽나무와 갈가마귀

백설축제 끝날 무렵
팽나뭇골 겨울은
이제 일긋하다.
까오옥 여린 가슴
먼발치에
봄은 쿵덕대고.
떠날 때를 알았는가 갈가마귀
가지 끝에 풀었던 치마끈
동여맨다.
어디쯤
살가운 고향이 있겠거니
하던 팽나무
갈가마귀 눈짓에
안색이 새하얗다.

바다는 아직

해변가
여름 가고
그대 가고
바람은 또
갯마을에 고삐 매인
가난을 풀고 갔다

그 후 날마다
바다는 산을 향해 외친다
고물이나 빈 깡통—
고물이나 빈 깡통—
폐사한 조가비 만지작거리며.

파 도

수평선 너머 아득한 곳에서
백마처럼 갈기 세워
한라산을 향해 밤새 치닫는 너울은
바람의 시샘마다
더 일렁이는 그리움인 듯.

시간이
어둠을 겨우 벗겨
천리 밖으로 눕힐 때까지
서귀포 굽이 돌며
끙끙 앓더니

아침에
그대 사는 산허리
숲이 보이더니

아, 또
바다는
저리도 우르르.

한라산의 아침

아무리
빗금을 쳐도 또 쳐도
막막한 침묵이더니

아무리 다듬고 또 다듬어
언어를 쏟아 넣어도
밑 빠진 항아리더니

밤새
백록담만한 한 조각 번뇌를
베어 물고 앉았었구나

어제 일기

(출근길)
이미 폐사한 시간들을 다듬질하는
내 두개골과 낡은 차는
제한 속도와 중앙선을 넘어
몇 번인가 죽음을 손짓했다.

(책상 위에는)
흑갈색 외출복으로 하늘이
갖은 비밀을 누설하며
빗줄기로 사무실 책상에 와 앉았다
관념은 불면증에 시달리고
부검지처럼 널브러진 작업들이
장맛비와 함께 놀고 있었다.

(저녁 바다)
그리움의 신열을 이고
산으로 치닫던 파도가
연거푸 바위에 투신하다 되살아난다
갈증뿐인 소라껍질 또한
그리움으로 저 세상을 사는 듯하여
내 낡은 차는 차츰

엔진 소리가 높아졌다.

(어둠 속에서)
산과 동침한 들짐승아,
간밤에도 너의 울음으로
나는 나의 껍질을 또 벗겼다
천리 밖으로 어둠이 매몰될 때까지
가만가만히 벗기고 벗겨도
알몸은 더 뜨거워질 뿐.

역순 일기

문 밖 하늘이 먹구름에 시달리고 있다.
방 천장이 빙빙 최면을 걸어온다
두통 복통 위통이 눈을 뜬다
아침, 의식이 어렴풋이 일어서고
집 대문을 슬며시 열었었지.
차로 왔는지 걸어왔는지 흐릿하지만
웬수 같은 것 한 병 또 한 병 그 후
다시 외진 포장마차에 홀로 앉았지
찬바람, 낙엽 구르고 고개 움츠린 행인들뿐
으슥한 곳에 기대어 한참 있다가
그대 불쑥 나타날 것 같아
무심코 걷던 생소한 곳에 멈췄다.

기억이 깜빡깜빡한다.
어릴 적 죽은 누이의 얼굴처럼

J형 노래 솜씨 K선생 춤 솜씨 내 술 솜씨까지는 생각난다.
팽그르르 분위기 어수선한 곳
어깨동무 세 남자 휘청거리다가
세상이 왜 이래, 노씨 전씨 김김김씨 섞어 마시고
오징어볶음 아구찜 소주 대여섯 병

J형 K선생 나
피 마른 세상이야. 해도 서산에 떨어졌어.
J형의 풀죽은 목소리
종일 시달련 전화가 마지막 발악을 했다.

허공은 언제나 황량하다 **3**
창 밖 휘황한 불빛은
부나방의 뜨거운 영혼 부르고
바람처럼 윤리가 달아나고
뒤이어 더 많은 도덕이
술병처럼 소리내어 깨어지지만
사랑은 좀처럼
소리가 나지 않는다

사랑은 소리가 나지 않는다

찔레꽃에 앉은 나비

한 천년 전
침침한 시간 속에서
나비 하나 나와 찔레꽃으로 날아갔다
껍데기는 지금
빈 방 지키며
삶의 지층이 천년 냇골로 깊구나
나비
돌아오지 않는다

천년 후
가뭇해진 꽃잎
여태 날갯짓 품고
검은 피 흘리며 어둠이
말한다 찔레꽃에 앉은 나비는
가시에 찔리고도
가무러치지 않았다 한다
아직 앉았다 한다

그 대

출근길 자동차 가까이
그대 다가서면
짐짓 못 본 체하며
어스름한 남조로를 달린다.
하지만
경주마 육성목장을 지나
코스모스 핀 길에
핏덩이로 갓 피어난
억새꽃 무리 속에
그대.
충혼묘지를 지나
해성농장 앞 버스정류장을 지나
기계 속 같은 삼십 평 사무실
낯익은 얼굴들 뒤에
혼잡한 책상 위에
그대.
바람보다
계절보다
빛보다 어둠보다
먼저 와 있는.

먼 산

오를 수 없는
빙벽뿐인 산에
장미꽃 심고
민들레꽃 심고
산을 덮어
거침없이 피었다가
산허리를 치며
빙하기로 가는 하늬바람에
이파리 툭툭 떨구고
찢긴 꽃잎
피 흘리던.

까만 꽃

낯은 멀리 죽었다
어둠 속에 핀 꽃
영
이울지 않고

바람마다
오는
그대 인기척

태양 한 송이
달 한 송이
꽃도 한 송이
그 세상엔
싸락눈 내려도

꽃은
손톱 자르듯
그리움 자르며.

감금된 사랑

달팽이 소리가 둥글게 감긴다
글쎄,
고이 접어 둔 시간 속 참대숲에
꼿꼿이 서 있는
그리움인가 했다

부엉이 울음에 어둠이 금간다
어쩌면,
저 뒤편 한참 뒤편에
산으로 세워 둔
님인가 했다

갑작스레,
먹장구름 엉키는 행위에
심장 무너지는 천둥 소리에
빗장 걸어 둔
사랑인 줄 놀랐다

아무리,
무서리 맞으며 핀 채
침묵에 감금된 사랑이.

빛의 사활

네, 그리하지요
구름을 주시면

뜨거움이고 싶다면
또 그리하지요
구름 허물고

넓은 그대 뜰
미세한 공간 있다면
그리하지요
비집고 내려 뒹굴지요
춤을 추지요

한걸음에
수억 리를 달려와 부서지며
나는 항상 죽고
또 살지요

오늘 그대 뜰에 화분만한 자리 있어
꽃으로 앉았지요
그러나 금세 날이 어두워요

꽃의 춤사위가 시려요
아, 알았어요
구름을 불렀군요
그리하지요 그리하지요

노천극장에서

하늘로 덮인
너의 이 한복판
노천극장 관람객 하나가
사랑을 뒤척인다

가계약에 찍혔다 떠난
너의 마침표는
외줄 세월 위에서
이제껏 곡예를 하고 있다

모순 속으로 추락했던
가격 탄력에 약한 그 사랑은
텅 빈 듯 너무 가득하여
발현악기의 여운처럼 다가서지만

검은 장막에 싸인 흰 무대를 보다가
미세한 숨소리조차 들리지 않는
너로 하여
사무침의 녹내장으로
나는 마침내 실명한다

사 랑

파도 같은 갈망
부서지고 또 부서져도
끝끝내
입고 지내다
누더기를 걸친 사람아
능금빛은 여지껏
싱싱하게 서걱대도
세상은 온통 아이러니로 덮였어
사람아,
빗금이 그어지고
영원히
행을 달리해야 할.

비 련

그대는
겨우
소리 없이 지나는
손바닥만한 태양일 뿐
낮을 비켜
밤에 우는
풀벌레 보일 리 없겠지만.

그대는 겨우
둥근 달일 뿐
네모난 새장 속
눈짓 한번
날갯짓 한번
비출 리 없겠지만.

사랑은 겨울로 가고

결국 추스리지 못한
옷섶을 풀고
현기증으로 내려앉던 가을이
목발 짚고 떠난다

야위어 가는 달력을 붙들고
문풍지 바람에
부르르 떨리던 사랑은
이제 눈이 멀었는가

겨울을 난산하는
진통의 붉은 눈물 위로
끝내
진눈깨비가 떨어진다

가을 까마귀

이런 바보같으니라고
누가 널더러
까오옥 까오옥.

사랑 짖는다
영혼 짖는다
떨리는 몸짓
부리의 악다구니
먼 하늘 흐르는
한 조각
비애.

이런 또 또 또
숲이 연달아 흔들린다
사랑이 후두두 떨어진다
영혼 다급하고
비 올 듯한 날씨
가을
깊어 가고.

조가비

풀리지 않는
갈증의 세계 속
공허를 한 입에 잔뜩 물고
갯바위의 열렬한 물꽃놀이에
빈 방 지키던 아픔이 눈을 뜬다

언젠가
알몸으로 달빛을 사랑하다
송곳부리에 뜯긴 애환은 지금
먼 바다로 떠난
그 밤새의 배설물일 뿐이지만
살점 떨어지던 고통에
무수히 흘린 눈물은
아직
바람 일으키고
바다를 일군다

1994년 그믐에

비척비척 낮을 쓸던 하루가
서산마루에 알몸으로 발그레하다
또다시 속임수다, 세상을 유혹한다

산소처럼 가벼운 시간들이
노을을 입질한다
어둠 속으로 어둠 속으로
바람 같은 인생의 페이지를
마흔두 겹째 접는다

그래, 조용히 거칠어지는 숨결의
멍청한 그림자 하나가
텅 빈 공간을 가득 채운다
불현듯
유리알같이 투명한 사랑이
하늬에 되살아나는 순간이다

초겨울 출근길

어느새 동짓달
겨울이 후두두 떨어지고
산속을 지나는 출근길
겹살 낀 바다 쪽으로 가던 가을이
서릿발에 밟혀 있네
젖은 억새꽃을 보채는 하늬바람
풀잎이 눕네
날아오르며 어스름을 털어 낼수록
까마귀 더 검어지고
연달아 숲이 지네.

유랑하던 들짐승 하나
다시 길을 잃었네
산 아래를 보다가 능선을 오르네
시간이 차갑고
공간이 차갑고
낯익은 모든 사물이 차가워도
가슴이 뜨거운 들짐승
콧김이 짙네.
갈 길 멀고
산 너머 사무실
나를 묶은 끈이 당겨 오네.

사랑은 소리가 나지 않는다

사랑은
문득문득 일어서는 침묵의 춤사위
소리가 나지 않는다
어디에도 있고
어디에도 없이

카페 안에서
발현악기는 그저
아련한 꿈길을 걷고
詩는 이제
절름발이가 되어 춤을 춘다
일상을 데리고 그대는
먼 메아리로 머물러 있지만
사랑은
소리가 나지 않는다

허공은 언제나 황량하다
창 밖 휘황한 불빛은
부나방의 뜨거운 영혼 부르고
바람처럼 윤리가 달아나고
뒤이어 더 많은 도덕이

술병처럼 소리내어 깨어지지만
사랑은 좀처럼
소리가 나지 않는다

사랑은 안개에 덮인 숲이다
긴 가뭄 속 대지다
찬바람 이는 나목이다
늙은 소나무의 기다림이다
막막한 갈증일 뿐
분명
소리가 나지 않는다
어디에도 있고
어디에도 없이
한 천년을 피어도
아무도 불러 주지 않아
이름 없는 꽃이어라 그대
때로는
분홍 원피스 자락으로 다가와
천둥 소리로 우주를 흔들고
회오리로 밀려들지만
아, 사랑은

아득한 형상이어라
담쟁이의 갈망, 몸짓이어라
그렇게 그저 그렇게
사랑은 소리가 나지 않는다

나의 詩는 빛이다, 사랑이다 4
달이슬 머금은 꽃이다
아무 때나 토닥여 재울 수 없는
새의 비상을, 영혼을 달래는 바람이다

나의 작은 詩

나의 작은 詩

나의 작은 詩는 어느 날의
그저 그렇고 그런
상상 속의 性스러운 것이 아니다

나의 詩는 빛이다, 사랑이다
달이슬 머금은 꽃이다
아무 때나 토닥여 재울 수 없는
새의 비상을, 영혼을 달래는 바람이다

알몸의 바다를 부둥켜안은
등 굽은 쪽빛 하늘이다
산과 동침한 들짐승의 울음이다

눈 속에 겨울을 난 나무들의 피다
쥐라기의 공룡이다
고고히 흐르는 물소리다
아무렇게나 멈춘 時空 속의 침묵이다

아니, 작은 나의 詩는
그저 그렇고 그런 어느 날의
꿈속의 헛소리가 아니다
미리내의 뜨거운 포옹이다

詩울음

자궁 속에 겨우 매달려
詩가 있는 걸 알았다
바깥 세상에 나온 후
詩가 없는 걸 알았다

詩는 하늘 뒤에
빛 없는 깊은 바다와 땅속에
있다
아니, 없다
사랑이 형상이 아닌 것처럼

물이 부족하여 불거진
땅 위에 앉아
존재와 부재를 숨기고 침묵하는
詩를 갈구하다가
속앓이로 울다가

나는 커진다
詩가 아니기 위하여
점점
부풀던 실체는 폭발하고

마침내 우주에 잠긴다
나는 작아진다
詩가 되기 위하여
자잘하게 부서진다
점점
마침표가 되어 어머니 속으로.

詩의 낙태

능선을 기어오르던 봄은
산을 덮쳐 누르고
꼿꼿이 발기해 있다
역마살 낀
타고난 내 바람기는
더없이 무성한 숲이다
절정을 향하여
시간은 무자맥질을 해대고
내 알몸의 언어는
때도 없이 사정한다

숨결 골라지고
아, 부끄럽다 부끄럽다
꽃은
세상 밖으로 의연히 피고
나는 세상 안으로 푹석하게 피는구나

詩는
헛구역질 입덧만 하다가
잉태와 낙태의 반복일 뿐

촛 불

살덩이가 탄다
고통에 바들바들 떨려도
몸 던져 어둠을 태운다

할딱거림은
확연한 존재다
사랑처럼

붉은 눈빛
목마른 심장
피눈물 다 마른 뒤 넋이 되느니

어둠은 천방지축
불 켠 채 돌아누운 그대
그대를 본다
불꽃으로

詩 論

허공에
흐르는 것은
구름이 아니다 하늘이다
들녘에
흔들리는 건
들풀이 아니다 바람이다

무겁게 덮쳐드는 건
침묵이 아니다
헤픈 언어
어릿광대의 아우성

어둠은
밤이라서가 아니다
갈구하는 詩의 눈짓
날갯짓이다

詩는
사실을 넘어
거짓의 굴레를 쓰고.

구기자 열매

눈감은 언어를
억지로 깨워 놓고
이리저리 굴려 본다
다듬고 다듬다가
백지 한 장 덜렁 남기고
무작정 길을 나서는데,
돌울타리에 말없이 매달린
길둥근 구기자 열매
빨갛게 익었더라
부끄럽더라.

방 황

가위 눌려
눈을 뜨니
가시덤불 속이더라
묘하게 생긴
들짐승으로
있더라
생채기 동여맨
그리움
목말라 뒤척이며
문득
산을 향해
짖더라
영혼의 자리
헐겁더라

텅 빈 날

비록 절벽에 피더라도
한 순간의 꽃이 되기 위하여
수만 리 먼 길 줄달음으로 온 파도가
부서진 본능 주섬주섬 모아
쓸쓸히 돌아간다.
조개 줍던 해오라기
물 속 얼비친 나그네 눈빛 두려워
홀연히 날아간다.
까맣게 그을린 오징어
절뚝거리며 돌아가고
원래 집이 없었던 문학마저
쓰러진 술잔 굴리며
비척비척 멀어진다.
바람 차갑고
갯바위에 남은 방랑자
아뜩하다.

가을이 마흔세 번 죽어도

우중충한 내 詩는 좀처럼
고운 꽃으로 피어나지 않으면서
소리 없이 마흔셋마저 죽여 간다
밉게 생긴 채
그냥 시드는 초라한 모습이어라.
영혼이 무거울수록
내 몸이 땅속으로 박혀 가는구나
바람은 멀리서 소리를 낼 뿐
아직 숲 속에 다가오지 않는다
하지만 다시 벗을 시간
내 알몸을 빈정대며 후려칠
하늬바람이 두렵다.
시간을 재며 혓바닥 날름거리던
꽃뱀도 가고
바람꽃의 뜨거운 숨결도 스러지지만
그 산 때문 종일 짖던
뻐꾸기 몸짓과
은은한 산울림 있어
내 詩는 언제나
눈이 발기한 들짐승일지니.

오후 한 시

93

섭리만 남기고 텅 빈 마차가
숨가쁘게 내리막길을 달린다
영롱하던 아침이 저만치에서
조각나기 시작한다
두 눈망울은 이미 기울고
가슴 찢기도록 울다가
지쳐서 껍데기가 된 매미처럼
내 마흔 세월이 책갈피에 접히는데
오후 한 시, 그때쯤
나의 작은 詩는 비로소
내일의 피닉스로 훨훨 나느니

바닷가에서

멀리
과속 택시가 지나간다
깔려 죽은 시간이 따라간다
또 그 뒤
구부정한 길이 느리게 기어간다
옆에서
게가 옆으로 걸어 어두운 곳으로 사라진다
살아 있는 시간이 쫓아가고
내가 하나 쫓아갔다

앞쪽으로 낚싯불이 날아간다
내가 하나 덩달아 떨어진다
파도는 심한 불면증을 섬에 부수고
부수고

세상은 소용돌이치고
나는 물 속으로 걸어갔다
더 먼 곳으로 나아가
거침없이
밤배의 조명에 타들어 간다
물 속 하늘은

심한 오한을 앓고
詩는 참으로 아뜩하다

詩의 주막에서

목월선생 오늘도
구름에 달 가듯 유유히 지나가고
박제한 접동새 안은 소월선생
진달래 꽃길에 우두커니 앉아 있다
머리 깎은 조지훈선생의 춤에 맞춰
김춘수선생 칼질해도
푸줏간의 커다란 살점은 자르지 못한다
활짝 핀 국화꽃
미당선생의 누님이 올 때까지
시들 줄 모르는데
술잔은 연달아 비워지고
나는 언어들의 취한 아우성을 붓는다

검은 고양이를 데리고 장미다발을 든 눈먼 소년 릴케가 조
용히 서 있다 슈바벤을 떠나 **방황**하던 헤세가 치렁치렁한
고독의 사슬을 풀고 무덤에서 걸어나온다 추상적인 말을
두려워할 것, 불필요한 형용사를 쓰지 말 것, 소리지르며
에즈라 파운드도 컴컴한 지하철에서 유령처럼 나타났다

취기가 태풍으로 몰려오고
時空을 헤집던 언어들이 취해 쓰러진다

어둠을 누르던 하늘이
무겁게 덮쳐 온다
내 모든 의식이 술잔에 빗발친다
언어는 체한 우주를 꾸역꾸역 토하고
아득한 낭떠러지에
내가 수직으로 떨어진다

촛불을 켜고

— 登壇日誌抄

子時에 일어나 촛불을 켰다
이십여 년, 나를 뒤쫓느라 지친
풀죽은 시간 시간들이
마침내 새벽을 연다
깎아지른 절벽을 기어오르자
따사로운 時空에서
흙덩이가 부서져 내린다
비로소 原初의 뜨락에 詩를 심는다
깊숙이 깊숙이 온몸으로 씨를 들인다
하지만 그 아래에선 여전히
들짐승의 울음.

자 세

나는
앉거나
섰을 때보다
눕거나
엎어져야
시가 잘 나온다

죽은 후에도
영원히
시를 쓰겠다는 것이다

민달팽이를 보고 있자니

눅눅한 작품 노트를 뒤척이다가
길 잃은 민달팽이를 본다
늘어지다가 줄어들고
흐느적거리는 뼈 없는 알몸
맨살 비벼
핏길 그리는 동안
선뜻선뜻하다가 詩는 그만 구겨지고
장맛비만 괜스레 원망한다

하늘이 진한 버짐을 앓았거니
내 詩 또한 그렇구나
비 멈추기
어려워라.

분노는 끝내 일어서지 않는다 5
길다란 무의미가 반복하여 時空을 질주한다
액체 농약이 물에 풀리는 것처럼
내 투명 속으로 고뇌는 풀리고
　　　　　　　⋮

땅속을 뛰쳐나온 어둠에 등이 밀린다
일상이 서서히 침몰한다
막연한 어지럼증이 이는 내 어깨는
무심코 덮이는 별빛도 무겁다

나는 밤에만 뜰에 눕는다

하루를 접으며

삼만 원짜리 하루를
구깃구깃 주머니에 접어 담고
비척걸음으로 돌아왔다

일터에서 따라온 땀내음
마당 구석 노천탕에서
물벼락으로 쫓아내고 나면
싸구려에 팔린
낮의 분노는
서편 하늘에 붉게 피어나고
철없는 별들이
하늘을 뚫고 나와 출렁댄다

내 마음 닮은 어둠이
소리 없이 젖어든다
허공을 덮고 팔베개로 누웠다
또 하루가 저만치서
죽순처럼 돋아나는데

김노인의 大寒

바람마다 꼭 딛고 지나가는
제주시 중산간 마을 김노인,
만성 기관지염을 십년 넘게 컹컹 몰아내며
개 기르며 소 기르며
금년엔 막내아들을 大學에 꼭 보낸다며.

강아지 한 마리에 오만 원
네 마리쯤이면 책값 되겠고
송아지 하나만 땅에 떨어지면 백오십만 원
행여 사내녀석이면 이백만 원이라 등록금도 충분하다며
기침에 묻어 나오던 컹컹컹 웃음 소리.

찬바람이 밤새 양철 지붕을 밟고 가던 날 아침
어미개는 예리한 칼에 잘린 머리통만 억새밭에 뒹굴고
피 묻은 숫송아지 외양간 밖에 나와 얼어 죽었다더라
그날따라 구름도 검게 뒹굴며 환장하고 있었다더라.

싸락눈 떨어지던 날 밤
막내아들 대학에 떨어지던 날 밤
大寒이 모질게도 몰아쳤다더라.
멀리 들개들 짖어대는 소리 들리고

어둑한 방구석에 앉은 김노인
구름 뒤에 숨고 가는 달을 향해
컹컹컹컹 힘겹게 짖었다더라.

밤에 우는 벌레 소리

절정의 순간마다 남편은 서쪽 도시 속 섰다판의 판돈과 작
부집 벌레 먹은 꽃송이를 갉아대는 생각으로 밤벌레 소리
기어나오고 여자는 유성처럼 아득히 죽어도 좋다고 생각했
다

그렇게 아이 없이 오 년 지나 남편의 퇴근길은 갈수록 길어
졌고 여자는 날마다 동쪽 길을 향해 기다렸다 해가 서산으
로 진 줄 모르고 가로등 뒤편에서 밝은 쪽만 쳐다봤다

밤벌레 몰고 다니는 남편은 서쪽에서 걸어옴에 점점 익숙
해지고 어느 날 밤벌레 소리 요란한 이슥한 밤에 그 여자
집 울타리를 넘어 나오는 소문난 불량배 이야기가 아낙네
들의 입을 타고 온 동네를 덮은 후

여자는 뒷산 소나무 숲 속에서 여명이 다가오는 동녘으로
고개 돌린 채 아침이슬 맞으며 얼음덩이로 변했다 마을 사
람들이 흙을 씌우며 제초제 냄새가 난다고 했다 남편은 꺼
이꺼이 울었다

그 후 해는 더 뜨겁게 더 둥글게 떠오르고 남편은 동쪽을
향해 출근하고 동쪽에서 퇴근하고 밤벌레 소리 들리지 않
고

칼을 든 여자

홍등가 모퉁이
창백한 여자들, 꼬아 앉은
다리 사이로 밤을 베어내고 있다
오지랖을 열고
사내들의 무거워지는 밤을
짧게 또는 길게
씻지 않은 칼날로 도려내고 있다
켜켜이 쌓인 토막난 밤은
벌겋게 노한 하늘이 고개 들어야
칼 든 여자를 데리고
능숙하게 먼 바다로 뛰어든다

桃花煞 긴
뒷골목은 불길하다

百祖─孫碑 앞에서

회리바람에 쓰러지고
무심한 빗자루에 쓸린
비릿하고 어두운 날들은
질긴 굴레에 씌워져 미로로 끌려가고
영혼을 짖는 까마귀
짖는 만큼 더 검구나

실종됐던 그날의 잿빛 이야기는
이름 모를 풀잎으로 일어서고, 꽃은
총탄과 죽창에 떨군 핏방울인가
살아 분주하던 일상은
반세기 만에 돌아와
외다리 함묵으로 섰구나

헌 구두

내 비겁한 만큼 무거워지는
몸무게를 이고
묵묵히 하루를 버티는 너
바보 같은 벙어리
너의 꿈은
맑은 샘에 태양을 담그는 것이련만
꿈의 꼬리가 길어
늘상 밟히면서
때로는 너울너울 춤추고
툭 툭 욕망에 끊기는 갯지렁이처럼
순박하게 늘 기다리는
내 춤의 지렛대
아, 너는 정녕
내 최상의 믿음일 뿐

복 권

물신의 유혹에 홀려
몇 방울의 땀을 팔아 복권을 샀어
하지만, 벗기고 벗겨도 모두 어긋난 것들
등뒤에서 物神이 킬킬거렸어
사람들이 피를 토할 때 나도 덩달아
그렇듯 까맣게 탄 갈증을 못 이겨
四面에 흐르는 구정물을 마구 마셔댔어
그러고도 또다시
땀을 팔아 껍데기를 사는 눈망울들
복권은 더욱 싱싱한 꽃으로
가슴 쫙 제치며
성큼성큼 거리를 활보쳤어

쇠똥구리

누군가
탑동 공원길에
상다리 휘어진
양심을 고백하고 갔다
굴려, 굴려
요 시커먼 내음
창자도 크겠네
짐승 같겠네
하며, 뙤약볕 아래 쇠똥구리
구린내나는 세상 굴려 간다

삭정이의 한마디

바싹 마른 목소리로는
모순에도 분노할 수 없다
영원한 목마름
빈 가슴에 가득한데
햇살이 불거지면
빗물은 미끄러지고
무엇이든
내 몸 붙들고
살아 있을 것이랴만
이 봄, 누군가는
피 응어리 풀리는 소리
뚝 뚝
들릴까

우회도로 사거리

십자가를 인 길이 서 있다
어금니 질끈 물고
검붉은 침묵
그 낭자한 기억을 빗물에 헹구며
엉거주춤 서 있다
자정이 되면
들녘에서 울던 영혼들
소리 없이 달려들고
사방으로 뒹굴며
길바닥에 누웠던 춤사위
어둠을 타고 일어선다

우회도로 사거리
신호등의 빨간 분노가
논스톱 총알택시를 뒤쫓는다

나는 밤에만 뜰에 눕는다

뜰에
향나무 녹나무 금사철
목련 동백 단풍나무
모두 나를 등진다
울타리를 넘어
하늘로 산으로만 간다

그들보다 항상
나는 낮은 곳에 있다
어둠이 있어야
그들을 비집고
달빛이거나 별빛
몇 그릇쯤
포근히
나를 적시니

어떤 날

버젓이
낮거리하다
아이들 돌팔매에 들킨
중년된 잡종견의 난색.
그날
삼대 과부댁
빈 뜨락에 비 오는 날
일감 위
미끄러지던 손
시리워지는 날
내 원초 하나
무거워지는 날
머리맡 그대
잠시
외출한 날.

무거운 하루

한낮이 햇살에 미끄러져 넘어지더니
절뚝거리며 허공의 돌덩이로 내 등을 내리쳤다
분노는 끝내 일어서지 않는다
길다란 무의미가 반복하여 時空을 질주한다
액제 농약이 물에 풀리는 것처럼
내 투명 속으로 고뇌는 풀리고

터벅터벅 걸어가던 하루가 바다 끝에 선다
말릴 틈도 없이
땅속을 뛰쳐나온 어둠에 등이 밀린다
일상이 서서히 침몰한다
막연한 어지럼증이 이는 내 어깨는
무심코 덮이는 별빛도 무겁다

어머님

1953년 음력 2월 2일
그날 이후
무거운 어머님 어깨
누르면서
나는 철없이 웃자랐다
마당의 나무들
여태 자라고
아이들 커 가는데
등짐 한번 못 내리신
어머님은
점점
작아지신다

제주, 4월이면

타고난 죄이더냐
4월이면
들녘에서 피어나는.

가시덤불 속에 숨은
시퍼런 세월
눈을 뜨고

새벽을 회치는 들짐승 피울음에
여린 억새풀
귀를 연다.

침묵 낭자한 밤
산으로 산으로 가던
맨발 눈먼 영혼아,

숲 위에 떨어지는 햇살
내려도 내려도
파편처럼 차가울 뿐.

작품해설

의식의 이해와 절충

曺秉武

• 작품해설

의식의 이해와 절충

— 梁銓炯 시집 「사랑은 소리가 나지 않는다」

曹秉武(시인·문학평론가)

1

시가 찾아가는 세계는 한없이 넓다. 외형적으로 찾아가는 현실의 세계와 내면적으로 찾아가는 의식의 세계에 이르기까지 무엇을 추구하느냐 하는 것은 그 시인이 갈망하고 욕구하는 방향으로 정해지기 마련이다.

시인은 이러한 양면의 세계에 너무도 깊숙이 스며들어 가서 그 속에 숨겨진 비밀을 캐고 있는 광부인지도 모른다. 때로는 그 속에서 금광석을 캐내기도 하고, 때로는 그 속에서 아무 쓸모 없는 돌덩어리를 캐내기도 하는 것이다.

시인이 달려가고 있는 무한에의 도전은 인류의 역사 형성에 의해 구성되어진 많은 형상이나 무형상에 대한 직접적인 사고의 폭을 한정짓는 일이라 생각할 수 있다. 사실 이러한 곳에서 찾는 많은 사고는 새로운 방법을 만들 수 있고, 그 방법이 시적 양상으로 발전할 때 무척 진지한 발상의 요인이 되는 것이다.

시인 梁銓炯의 시적 표현과 그 발상은 이러한 외형적 요인에 대한 깊은 통찰과 내면에 잠재한 폭발적인 의식이 함께 나타나고 있는 경우가 많다. 그가 바라보는 시적 대상은 그 자체로서의 형상을 그대로 놓아 두지 않는다. 반드시 그 속에 숨겨져 있는 내면의 의미라든가, 내면의 속살을 파헤치려는 의도가 많다.

그것은 시인이 흔히들 말하는 이미지의 창출이라는 말과 함께, 시인 자신의 내면에 오랫동안 침잠된 잠재에 따른 의식과 함께 만들어지는 새로운 표상이 시의 형태를 이루고 있는 것이다.

梁銓炯 시인의 시적 요구는 상대적 개념에 대한 바라봄에서 자신이 보유한 의미를 확고히 하려는 데 있다. 그것은 시적 대상이 되는 한 이미지에서 두 가지의 의식의 충돌이나 타협이 이루어짐과 동시에, 그 속에서 자신의 의식을 인지하려 들고 그 인지된 의식에서 하나의 이미지를 고정시키려는 것이다. 그러한 이미지는 어떤 대립과 타협의 갈등에서부터 탈출하려는 시인의 오랜 고뇌와 갈등의 소산이라고 볼 것이다.

다음으로, 梁銓炯 시인의 작품에서는 소리나 빛에서 오는 정묘한 신비를 느낄 수 있다. 자연에서 들려 오는 소리 이면에 숨겨진 비밀이라도 캐듯 그에게는 많은 환상 속에서 기다림과 그리움의 교차로에 선 미아가 된다. 때로는 그것이 갈망의 대상이 되기도 하고, 신비의 인상적 삶의 영역이 되기도 하는 것이다. 그가 바라보는 대상은 하나의 신비에서 비롯되는 것이고, 그 신비 속에서 들려 오는 소리와 빛은 그에게 무한히 기다려지는 기다림과 동경의 대상에 대한 의문이고, 그 의문에 대한 해답이 되는 것이다. 시인은 그에게 맞부딪쳐 있는 삶의 현장이 빛과 소리의 영역이고, 그 영역에서 그의 신비는 시작되고 형성되고 의문이 나타나는 것이다. 그것을 그 자신이 사랑할 뿐인 것이다.

또 한 가지, 그에게는 새로운 생명에 대한 무한한 사랑과 한계, 그리고 시간 속에서 헤매는 동경이 있다. 그에게 닥치는 하나의 꽃이나 시적 대상에서 그는 생명의 새로움을 감지하는 것이다. 그 생명성은 시간과 교차하는 새로움으로 항상 존재하는 것이다. 그에게 부딪치는 생명은 새로운 시간을 넘으면서 또 다른 생명으로 환원시키고 있다. 생명 자체가 무한한 가능의 세계에 대한 필요성으로 인식되는 것이다.

梁銓炯 시인의 시에서 사랑에 대한 속설적인 솔직한 고백을 들 수 있다. 그의 사랑의 현상학은 사랑에 대한 진솔한 언어의 의미를 어떤 방향으로 해독하느냐에 있다. 어떤 현상에 내재한 의미를 들추어 내듯이 그의 시세계에는 역설적 의미를 동반하기도 한다. 이러한 시적 세계는 그의 시를 이해하는 데 도움이 되기도 할 것이다.

2

梁銓炯 시인은 무엇 때문에 상대적 개념을 대치시킴으로써 시적 이미지를 찾으려 했을까. 그것은 반응의 이치를 캐려 했을 것이다. ABC에서 AB의 상대개념에서 C의 반응을 찾으려는 이치와 같은 것이다. 그의 시가 다분히 구성적인 면이 있음은 이 때문이다. 하나의 대상에서 실제 그에게 도착해 있는 이미지는 정착시켜 놓고 그 표현 속에 다른 상대 이미지를 연결시킴으로써 그에게 도착된 이미지를 고정화시키려는 것이다.

허공에
흐르는 것은
구름이 아니다 하늘이다
들녘에
흔들거리는 건

들풀이 아니다 바람이다

무겁게 덮쳐드는 건
침묵이 아니다
헤픈 언어
어릿광대의 아우성

어둠은
밤이라서가 아니다
갈구하는 詩의 눈짓
날갯짓이다

詩는
사실을 넘어
거짓의 굴레를 쓰고.

이 시는 〈詩論〉이라는 제목의 작품이다. 여기서 '구름이 아니다 하늘이다', '들풀이 아니다 바람이다', '침묵이 아니다 … 어릿광대의 아우성'에서 '구름→하늘', '들풀→바람', '침묵→아우성'이라는 상대적 개념이 충돌하고 있는 것이다. 여기서 우리는 두 개념이 충돌하는 상태에서 새로운 의미를 캘 수 있다. 그것은 '구름→하늘 = 허공', '들풀→바람 = 들녘', '침묵→아우성 = 무거움'이 결국 넓음, 많음, 큼의 의미를 알 수 있다. 구름이 아니고 하늘이 됨은 넓은 하늘의 이미지가 보이고, 들풀보다는 바람이 많은 상태의 이미지를 느끼게 하고, 침묵보다는 아우성이 큰 의미의 이미지를 주고 있는 것이다. 그렇다면 이 시의 3연에서 '어둠은 / 밤이라서가 아니다 / 갈구하는 詩의 눈짓 / 날갯짓이다'라고 함으로 '어둠→눈짓, 날갯짓'으로 보이고 있다. 말하자면 넓음, 많음, 큼의 진 폭인 '눈짓과 날갯짓'으로 환원되고 있는 것이다. 이러한 구 조적인 분석은 결국 梁銓炯 시인의 시적 치밀성을 엿볼 수 있 는 일면을 그리고 있다고 할 것이다. 이러한 작품은 〈詩울음〉 에서도 '詩가 있는 걸 알았다―詩가 없는 걸 알았다', '있다 ―아니, 없다', '존재와 부재', '나는 커진다―나는 작아진 다'라든가 〈텅 빈 샛길엔 돌멩이가〉에서 '텅 빈 샛길에 / 아 무것도 없다고들 하다니―속이 꽉 찬 돌멩이', '발길에 / 언 제나 죽고―문득문득 되살아' 등에서도 엿볼 수 있다.

　이러한 표현법은 다른 여러 작품에서도 하나의 시적 구성의 발상으로 되어 있다. 시에서 상대적 개념과 같은 논리성은 자 칫 잘못하면 이미지의 고정관념에서 확산되지 못하는 점이 있 으나, 梁시인의 작품에서는 이러한 우려는 안해도 될 것이다. 그것은 그의 시 연에서의 마무리가 그것을 이겨내고 있기 때 문이다. 앞의 작품 〈詩論〉에서도 끝 연에서 '詩는 / 사실을 넘어 / 거짓의 굴레를 쓰고'라고 함으로 1연에서 3연까지의 이어진 의미의 전환을 가져와 새로움의 이미지를 의미 캐기에 몰두해야 할 상황으로 급전하고 있는 것이다.

　다음으로, 서정성에 대한 정묘한 신비에의 몰두에 있다. 그 것은 대상에 대한 그리움이나 기다림에 대한 언어 기교의 철 저한 인상적 환시현상이다. 그의 언어는 깨끗하게 정제된 그 대로 표현되고 있다. 작품 〈그림자〉에서는 그 대상에 대한 표 현이 언어를 함축하고 있다.

빛에
빛에 목마르다

하지만

그대
캄캄히 다가온다

아뜩하다
아뜩하다

그대의 거울 뒤
알몸의 형상으로

　1연의 '빛'에 대한 인식과 2연에서의 '캄캄히'가 더해 주는
언어는 역시 상대적 개념이면서도 그것이 주는 사물에 대한
뚜렷함은 더해진다. 그 역시 3연에서 '아뜩하다 ／ 아뜩하다'
의 반복이 주는 이미지는 '빛'과 '캄캄히'가 덧붙어서 주는
이미지의 강렬함이 '아뜩하다'로 전도됨으로 그 이미지의 강
렬함은 끝연 '그대의 거울 뒤 ／ 알몸의 형상으로'가 더욱 부
각되는 것이다. 이러한 작품에서는 상대적 개념의 반응현상으
로 '알몸의 형상'이란 이미지의 돌출이 예상되게 한 것이다.
뿐만 아니라 '빛에'라는 1연에서 '캄캄히'라는 2연에 오기까
지의 '목마르다'와 '다가온다'가 더욱 친근감을 더해 줌으로
이 작품의 절정이 '아뜩하다'로 연결되면서 '알몸의 형상'이
1연의 '빛'과 2연의 '캄캄'으로 다가온 정묘한 표현의 이치를
느끼게 해 주는 것이다.
　梁銓炯 시인의 이러한 시적 언어의 표현력은 적절한 이미지
의 포착을 완곡한 시어 선택의 범주 내에서 이를 잘 극복 소화
하고 있다고 하겠다. 그의 시적 서정성은 〈밤과 낮〉이라는 작
품에서도 더욱 돋보인다.

　그리움이

가면
어디까지 가겠어
길 구르며
낙엽 줍던 바람
아득히 부서질 그곳

　이와 같이 그는 이미지의 창출에 있어 시어의 선택과 그 표현기법의 정묘함을 돋보이게 한다. 앞행의 '그리움이 / 가면 / 어디까지 가겠어'에서 우리는 애절하고 절묘한 애소적이고 애원조의 감동에 접어들게 된다. 그런가 하면 자포적이고 외면적인 감정에 휩싸이게 된다. 그러나 그것이 다음 시구에서 해소되고 있다. '길 구르며 / 낙엽 줍던 바람 / 아득히 부서질 그곳'에서 '아득히'가 주는 의미의 진폭은 이 작품 1연의 전반부와 후반부의 감동과 감정을 합일시키는 매력을 지니고 있다.
　梁銓炯 시인의 이러한 시의 표현은 전체적으로 뛰어난 표현기법이 되고 있다. 〈그리움, 숲 속에서〉의 작품 전반에서도 '등뒤에 / 누군가 했더니 / 세월 걸머진 늙은 소나무 / 느릿하게 다가서고 있다'에서도 '늙은 소나무'의 다가섬에 대한 詩作형식에서도 처음 '등뒤에 / 누군가 했더니'라는 전제의 이미지를 구축하고 후반부의 기술 방법 등은 이 시인의 여러 곳에서 볼 수 있는 詩作의 특징적 요인이라고 할 것이다.
　梁銓炯 시인의 생명에 대한 무한성은 한없는 세월의 천착은 물론 깊은 통찰과 한계, 그리고 시간성에 의존하고 있다.

억년 세월을
되새김하며
피를 삭이지

— 〈바위〉 1연

활짝 핀 목련은
오랜 상사병을 딛고 일어서던
봄의 현기증
                              —〈목련〉 1연

바다를 잃은 섬은
초개 같은 세월 다듬으며
여태 한숨도 자지 않았다
                              —〈歸鄕〉 서두

한 천년 전
침침한 시간 속에서
나비 하나 나와 찔레꽃으로 날아갔다
                          —〈찔레꽃에 앉은 나비〉 서두

　　우리가 시작품에서 다루는 생명성은 대단히 민감한 것이다.
그것은 세월을 다듬이질하며 만들어 내는 끈질긴 생명에의 향
유가 그것인 것이다. 위의 작품에서도 〈바위〉에서 오랜 세월
동안의 시간적 극복에 의해 만들어지는 사념의 세월을 '피를
삭이'는 것으로 표현됨으로 시간에의 무한성을 노래하고 있
다. '목련'은 '오랜 상사병'을 딛고 일어선다고 했다. 생명에
의 교차에서 사랑에 대한 지고한 갈증을 애원하고 있는 것이
다. 시 〈歸鄕〉에서는 '초개 같은 세월'이라는 시간의 설정을
함으로써 어렵고 아쉬운 고난의 현상을 '한숨도 자지' 않았음
의 긴 생명력을 이야기하고 있다. 작품 〈찔레꽃에 앉은 나비〉
에서 '한 천년 전'이라는 시간 간격을 둠으로써 긴 생명의 흐
름을 이야기하고 있다.
　　梁시인의 생명은 시간과 세월의 흐름 위에 두고 있다. 그것

128

은 인간의 삶의 영역이 그 생명가치가 시간의 가치와 연결되
어지기 때문에 생명과 시간과 세월을 동일한 인식 위에 두고
있는 것이다. 그리고 그것이 어떤 새로움의 탄생과 가치에 둠
으로써 무한한 생명에의 염원을 담고 있다고 하겠다. 결국 하
나의 생명의 탄생은 시간과 세월의 교차 속에서 형상되는 이
치 위에 있으며, 그것이 결국 사랑과 동경이 무관하지 않다는
것을 알려 주고 있는 것이다.

그리고 梁시인의 시적 표현 대상은 성적 은유에 따른 표현
법이다. 그것은 바다와 육지라는 음양적 형태와 같이 그의 시
에서 퍽 다감한 성적 언어 표현이 새롭다는 점이다.

　　능선을 기어오르던 봄은

　　산을 덮쳐 누르고

　　꼿꼿이 발기해 있다

　　역마살 낀

　　타고난 내 바람기는

　　더없이 무성한 숲이다

　　절정을 향하여

　　시간은 무자맥질을 해대고

　　내 알몸의 언어는

　　때도 없이 사정한다

이 작품은 〈詩의 낙태〉라는 퍽 회화적 표현의 제목으로 된
시의 1연이다. 여기서 '능선을 기어오르던 봄은 / 산을 덮쳐
누르고 / 꼿꼿이 발기해 있다'와 그 끝부분의 '내 알몸의 언
어는 / 때도 없이 사정한다'에 있다. 사실 '발기'와 '사정'은
성적 은유의 솔직한 표현의 하나다. 여기 인용된 1연은 그대
로 '시의 낙태' 방법을 '낙태'라는 시어에 맞추어 시적 표현

의 진솔성을 '잉태와 낙태의 반복'으로 성적 표현의 솔직성을
보여 주고 있다. 그것은 인간의 잉태와 태어남에 비유 그것이
아픔의 질곡한 현상으로 은유하고자 '낙태'라는 언어 표현을
담았다고 하겠다. 〈나의 작은 詩〉에서도 '나의 작은 詩는 어
느 날의 / 그저 그렇고 그런 / 상상 속의 性스러운 것이 아니
다'라고 함으로 '性'이라는 시어를 구사하였고, 〈詩울음〉에서
'자궁 속에 겨우 매달려 / 詩가 있는 걸 알았다'라고 함으로
'자궁'이라는 시어를 구사하고 있다. 말하자면 '발기', '사
정', '낙태', '性', '자궁', '잉태' 등의 언어는 결국 생소한
언어는 아니다.

　우리는 이러한 시어의 표현이 적절하게 구사함으로써 오늘
날 우리 일상사에 연결되어 있는 성의 생활적 면모를 짐작할
수 있는 것이다. 梁시인 역시 이러한 시어에서 가장 순결하고
정숙한 인간 본연의 자세 속에서 인간의 태어남의 동기와 시
의 태어남의 상황에 대한 접속을 시도했다고 본다. 결국 사회
적 현상에서 떨어질 수 없는 인간의 자세는 그것이 본연 속에
서 구사된다는 것이 자연스런 현상의 하나다.

　특히 〈시의 낙태〉에서는 성의 영역과 시의 영역을 동일시함
으로 외형적 형태의 섹스적 묘사와 내면적 함축의 의미 묘사
는 시의 영역으로 대면시킴으로 다소 회화적 의미는 있다 하
더라도 이미지의 연결은 특이하다. 시의 다양성이란 이러한
시도의 방법 역시 우리 시의 접목에 연결시켜 볼 만한 것이라
고 생각한다.

③

　梁銓炯 시인의 작품에서 몇 가지의 시적 특성만을 짧은 지
면에서 살펴보았다. 그의 작품의 끝행 마무리에서 서술행으로

130

끝나지 않고 연결어미나 명사형으로 끝나고 있는 것 역시 그
의 작품 형성의 특이한 습관이라고 본다. 그것이 때로는 시의
이미지 연결을 보다 여운적으로 남겨짐이 되기 때문에 좋은
효과를 남길 수도 있다.

따뜻한 남도 제주의 시인 梁銓炯 씨의 작품에서 더러는 띄
엄띄엄 다리 놓듯 제주의 분위기가 숨쉬는 것을 느낄 수 있는
것 역시 그의 커다란 장점이 될 수 있을 것이다. 왜냐하면 작
품이란 그가 숨쉬고 살아가는 주변 분위기 전체에 엉켜 있게
마련이기 때문에, 梁시인 역시 이런 분위기에서 멀어질 수 없
고 멀어져서도 안 된다. 필자는 梁시인의 시작품 여러 곳에서
제주의 돌담 같은 언어의 축을 느낄 수 있었다. 그것은 향기
묻어나고 촉촉하게 젖어 있는 인간미, 즉 언어미와 돌담의 구
조미, 즉 시적 기법을 느낄 수 있었다. 그것은 梁시인만의 특
징으로 살려 낼 만한 것이다. 특히 끝부분에서 예를 들자면
'서성대며 / 밤고양이 / 눈 빛나고', '숲 밖에는 / 한 천년
전에 남긴 / 눈길 발자욱 소리 / 그대', '아, 또 / 바다는 /
저리도 우르르', '아무리, / 무서리 맞으며 핀 채 / 침묵에
감금된 사랑이' 등에서 보면 마치 생경한 언어의 교차 같으면
서도 그것이 주는 운율적 배려와 언어의미의 효과는 훌륭한
이미지의 연상작용을 낳고 있는 것이다.

梁銓炯 시인은 결국 한라의 기를 품고 있는 시인이다.

原初의 뜨락에 詩를 심는 詩人

金龍吉(시인)

1

내가 梁시인을 만난 것은 두어 해 전 가을 서귀포의 어느 해안가에서였다. 그가 《문예사조》지를 통해 등단했다는 소식을 접하고 나서 처음 만나는 일인데도 우리는 일상적으로 만나는 형과 아우처럼 웃고 웃으면서 악수를 나누었다.

그날 바다는 몹시 푸르고 잔잔했다. 오후의 햇살이 반짝거리며 바다의 表層을 이루고 있었고, 알맞게 海風이 몸에 간지럼을 태웠다.

우리는 바다를 보며, 주거니 받거니 소줏잔을 건넸다. 섬들을 싸안고 몰려오는 파도의 멍석말이가 발밑에서 부서지고 바위 틈을 빠져 나가는 물소리가 운동회 날 호루라기 소리 같았다. 그는 나에게 말했다.

"형님은 이렇게 풍광 좋은 곳에 사시니까 詩를 잘 쓴다"고.

나는 고개를 저었다.

"아니야. 오히려 풍광이 좋으면 詩가 안 되더라고."

그 후 그는 〈파도〉란 詩를 써냈다.

수평선 너머 아득한 곳에서
백마처럼 갈기 세워
한라산을 향해 밤새 치닫는 너울은
바람의 시샘마다
더 일렁이는 그리움인 듯

시간이 어둠을 겨우 벗겨
천리 밖으로 눕힐 때까지
서귀포 굽이 돌며
끙끙 앓더니

아침에
그대 사는 산허리
숲이 보이더니.

　　그의 詩에서는 자연에 대한 사랑과 그리움이 잔뜩 묻어난
다. 그의 데뷔작인 〈나의 작은 詩〉에서 보면,

나의 詩는 빛이다, 사랑이다.
달이슬 머금은 꽃이다.
아무 때나 토닥여 재울 수 없는
새의 비상을, 영혼을 달래는 바람이다.

알몸의 바다를 부둥켜안은
등 굽은 쪽빛 하늘이다.

산과 동침한 들짐승의 울음이다.

그의 詩는 '빛'이며 '사랑'이며 '꽃'이고 싶어한다. '영혼을 달래는 바람'이고 '알몸의 바다를 부둥켜안은 쪽빛 하늘'이고 싶어한다. 그러나 결국 '산과 동침한 들짐승의 울음'으로 울고 있는 것이다.

울음이 많다는 것은 인정과 미련이 많다는 것인가. 아니면 아픈 사랑의 추억과 그 회억 속의 존재에 대한 자신의 성찰을, 그리움의 대상을 끊임없이 반추하는 의미 때문일까.

2

지난 3월초 그가 퇴근길에 들렀다. 늦은 겨울비가 간간이 뿌려대던 저녁이었다. 서귀포 변두리 골목의 횟집에서 우리는 對飮을 하였다. 문학을 이야기하고, 인생의 토를 달다가 醉氣가 오를 때쯤 그가 조심스럽게 품안에서 詩原稿 뭉치를 꺼내 놓았다. 詩集을 내보겠다는 뜻은 그 전부터 비춘 바이지만, 그 동안 정리를 하느라 늦었다는 고백과 함께 "형님, 읽어 봐 주십서" 하고 내밀어 왔다.

비교적 많은 분량의 시편들이었다. 컴퓨터 워드로 깨끗이 쳐 있었고, 분철되어서 내가 읽기에 불편이 없게끔 정성을 들여 놓았다.

梁전형 詩人 —— 그의 이름자대로 그는 이 지방의 전형적인 시인의 한 사람이다. 자연에 대한 애착과 제주섬 사람들의 삶의 애환, 恨스러움, 더구나 농민 의식을 버리지 못하는 것은 어쩌면 그의 일상이, 직장이 제주감귤농협 지방 소장으로서

농민과의 상담 역할인 탓도 있으려니 여겨진다. 그리고 그는
원래 착하고 어진 농부의 아들로서 제주도민의 아픈 가슴을
누구보다도 잘 알고 있다.
　그의 詩 〈김 노인의 大寒〉이란 작품에서도 보면,

바람마다 꼭 딛고 지나가는
제주시 중산간 마을 김노인
만성 기관지염을 십년 넘게 컹컹 몰아내며
개 기르며 소 기르며
금년엔 막내아들을 대학에 꼭 보낸다며,

와 같이, 농민들의 현실적인 삶을 직시적으로 표현하고 있다.
슬픔과 가난을 이겨내고자 하는 농민들의 恨의 가슴을 그는
詩로 나타내어 대변해 주고 있는 셈이다.
　그의 詩는 자연적인 것과 일상적인 소재로 분리되면서 상징
성이 돋보이기도 한다. 그리고 그의 詩는 사랑과 그리움, 찔
레꽃 같은 향기가 나다가도 방황의 늪에서 바람처럼 떠나는
계절병을 앓기도 한다.
　그의 詩는 한국의 내노라 하는 詩人들의 가슴을 읽고 있다.
〈詩의 주막에서〉 그는 스스로 목월 선생, 소월 선생, 조지훈
선생, 김춘수 선생, 미당 선생 등을 걸고 넘어진다. 넘어지다
가 또 일어서서 이번에는 세계의 詩人들, 릴케와 헤세와 에즈
라 파운드까지 영혼으로 만나는 것이다.
　그러나 그는 '子時에 일어나서 촛불'을 켜고 '마침내 새벽
을 여는' 시간에 '原初의 뜨락에 詩를 심는다' '깊숙이 깊숙

이 온몸으로 씨를 들인다' (〈촛불을 켜고〉 — 등단일기초에서)

　나는 그가 무척 든든하고 자랑스럽다.
　적어도 그는 자신의 생활 철학에 충실하고 있으며, 아픈 詩
人의 가슴으로 세상을 가고 있지만 결코 '原初의 뜨락에 詩를
심는' 일을 게을리하지 않을 것이다. (1996.4)

  지난 초봄, 양전형 씨로부터 원고뭉치를 받고서 그의 시집을 문단에 안내해 준다는 생각에서 序文을 썼었다.

  한데, 마침 문학평론가 曺秉武 선생께서 作品解說을 기꺼이 봐주셨기에, 선배님의 玉稿보다 내 글이 앞쪽에 자리잡는 것이 예가 아니라고 여겨졌다. 曺선배님의 評文을 매우 고맙게 새기면서, 다만 당초의 '序文의 뜻'을 살려 그 내용을 加減없이 이 시집의 끝머리에 부친다.

  이 詩集은 梁銓炯 씨의 첫 작품집이다. 문단에 데뷔하고서 2년이 채 안 된 그가 시집을 上梓한다는 게 대견스럽기도 하겠지만, 딴은 무척이나 조심스러운 行步가 아닐 수 없다. 왜냐하면 여기에 수록된 작품들이 행여 多作에서 비롯되었거나, 또는 拙作에 그친 것이 아니냐는 군소리를 들을 수도 있을 만큼이나 많은 量이기 때문이다.

  하지만 그런 걱정은 하지 않아도 좋을 것이다. 사실 詩文學이란 한때 번쩍하는 一時性인 것이 아닌 만큼, 梁銓炯 씨 또한 20여 년 가까이 자신의 젊음을 詩心으로 가꾸어 왔기 때문이다. 다만 늦깎이로 문단에 들어섰을 뿐이고, 그래서 詩作生活의 한 단계를 정리하는 과정으로 習作까지를 한데 묶어내다 보니 이렇듯 많은 篇數를 선보이게 된 것이다.

  梁銓炯 씨는 한마디로 '人間을 소중히 여기는 詩人'이다.

내가 그를 문단에 천거한 것도 그의 사람됨을 높이 샀던 데에
있었다. 그는 인간관계를 모나지 않게 다스리며, 예의 바르고
겸손하다. 자칫 自己顯示性으로 치닫기 쉬운 요즘의 유행을
멀리하고, 자기 푼수에 맞게 문학적 香薰을 안으로 차곡차곡
쌓아 가는 젊은이다. 아무렴 공들이는 논밭에서 쭉정이가 날
까닭이 없다.

　또한 梁詩人은 '참고, 기다릴 줄'을 안다. 그를 문단에 천
거하고 나서 1년 남짓 나는 그의 시들을 한 편 한 편 눈여겨
봤었다. 때로는 叱責도 많이 했다. 한데, 차츰차츰 그의 공부
가 달라졌다. 時俗에 연연하지 않고, 名利에 급급하지 않고,
참고 기다려서 작품을 쓰는 의젓한 자세를 익힌 것이다. 이제
梁詩人은 어디에 내놓아도 부끄럼 없고, 그런 면에서 그의 處
女詩集의 出刊은 더욱 값지다고 여겨진다.

　梁銓炯 씨의 詩人生活은 그러나 이것이 시작이다. 젊기 때
문이다. 조심스러운 行步가 꾸준해야 하기 때문이다. 모쪼록
精進하기 바란다.

'96' 이른봄

서울 佛光洞 南洲精舍에서

吳 容 秀

사랑은 소리가 나지 않는다

●

초판 인쇄·1996년 4월 25일
초판 발행·1996년 4월 30일

지은이·양전형
펴낸이·임종대 / 펴낸곳·미래문화사

등록번호·제3-44 / 등록일자·1976년 10월 19일
주소·서울시 용산구 효창동 5-421 ⑦ 140-120

전화·713-6647 / 715-4507
팩시밀리·713-4805

값·3,500원

·저자와의 협의하에 인지는 생략합니다.
·잘못 만들어진 책은 바꾸어 드립니다.